LATA
de
SAL

Carmen García Iglesias
La ciudad de los gatos

Para Laura, Javier y Fernando, a quienes amo.
A Estambul, la ciudad de los gatos, donde fuimos tan felices.

Título original: *La ciudad de los gatos*
© del texto y las ilustraciones: Carmen García Iglesias, 2015
© Lata de Sal Editorial, 2015

www.latadesal.com
info@latadesal.com

Primera edición: mayo de 2015
Segunda edición: abril de 2016

© del diseño de la colección y de la maquetación: Aresográfico

ISBN: 978-84-942867-9-7
Depósito legal: M-6193-2015
Impreso en China

En las páginas interiores se usó papel FSC® de 157 g
y se encuadernó en cartoné al cromo plastificado mate,
en papel FSC® de 157 g sobre cartón de 2,5 mm.
El texto se escribió en Eames Century Modern.
Sus dimensiones son 21×21 cm.

Y nuestra ciudad se rige por el bipartidismo gatuno: a veces gobierna Logan y a veces Chasis.

FSC
www.fsc.org
MIXTO
Papel procedente de
fuentes responsables
FSC® C012521

Este libro está hecho con papel
procedente de fuentes responsables.

LA CIUDAD DE LOS gatos

Carmen García Iglesias

LATAdeSAL
Gatos

Me llamo Lila y vivo en la ciudad de los gatos, rodeada de libros.
Duermo sobre ellos, me escondo detrás de los más grandes
y tomo el sol tumbada encima de los más bonitos.

No estoy sola. Mi amigo Omar vive también en la librería.
Es naranja y muy pequeño.

Hoy, cuando he ido a despertarlo, no lo he visto.

—¡Omar, Omar, levántate! —he maullado.

Pero no ha respondido.

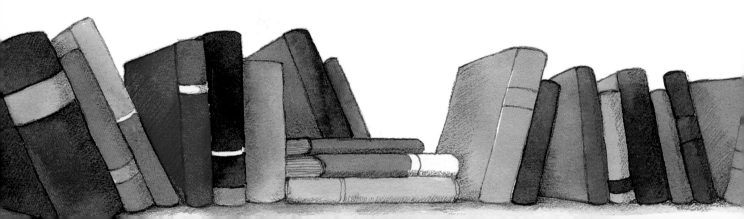

¿Dónde estará mi amigo? ¡Es tan pequeño!

He salido a buscarlo.
Menos mal que tengo amigos por toda la ciudad.
¿Habrá ido al museo?

Los gatos del museo viven en los jardines entre estatuas y columnas.
Saben muchas cosas de arte, de mármoles y de historia,
pero no saben dónde está Omar.

—¡Vamos a buscarlo! —dicen.

Y se vienen conmigo.

En el puerto también conozco a unos gatos
que siempre nos invitan a comer pescado.

—¿Habéis visto al pequeño Omar?

No, pero lo estaban esperando.
Le habían guardado trocitos pequeños
y sin espinas de los mejores peces.
¡Que no se atragante!

—¡Vamos a buscarlo! —dicen.

Y se vienen conmigo.

Al pasar por el palacio antiguo pensamos que Omar
podría estar mirando el mar. O escuchando cuentos.

Los gatos del palacio lo saben
todo acerca de los sultanes
y las princesas que vivieron allí.

Recorren
las habitaciones,
los salones,
las bibliotecas,
los jardines,
y conocen hasta el último rincón.

Todos los días se dedican a pensar mirando al mar.

Pero por mucho que buscaron y pensaron, no encontraron a Omar.

—¡Vamos a buscarlo! —dicen.

Y se vienen conmigo.

Hay un edificio que
nos gusta mucho a todos.

Está decorado con mosaicos
que cuentan las historias más bonitas
y los personajes llevan preciosos
vestidos, gorros y trajes,
que relucen con el sol.

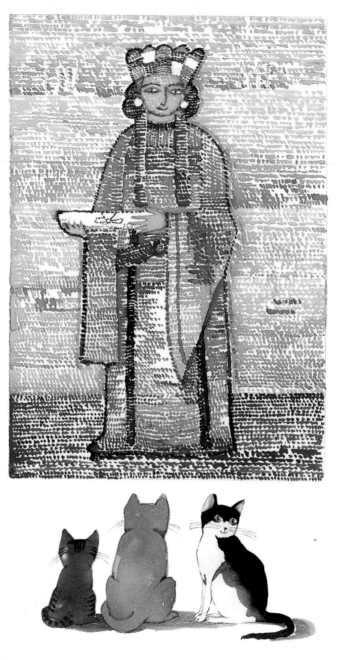

Hemos visto brillar estrellas en las paredes
y las piedrecitas de los mosaicos tienen tantos colores
que nos perdemos si intentamos contarlos.

—¡Es tan pequeño, no podría
llegar hasta aquí él solo!
¿Por qué no subimos a la torre?

Estaba atardeciendo cuando llegamos a la torre.
Desde allí se veía la puesta de sol más bonita del mundo.

Nos quedamos mirando en silencio:
tejados, calles, plazas, azoteas, balcones, los barcos del puerto...
pero era imposible ver a Omar.

Volvimos a la librería
muy preocupados.

—Hoy hemos buscado
por toda la ciudad,
así que mañana
tendremos que hacerlo
en otros lugares —dije.

En aquel momento, desde el fondo, detrás de todos los gatos reunidos, se oyó una vocecita minúscula que preguntaba:

—Entonces, mañana, ¿adónde vamos?

—¡Omar! —dijimos todos a la vez—. ¿Dónde estabas?

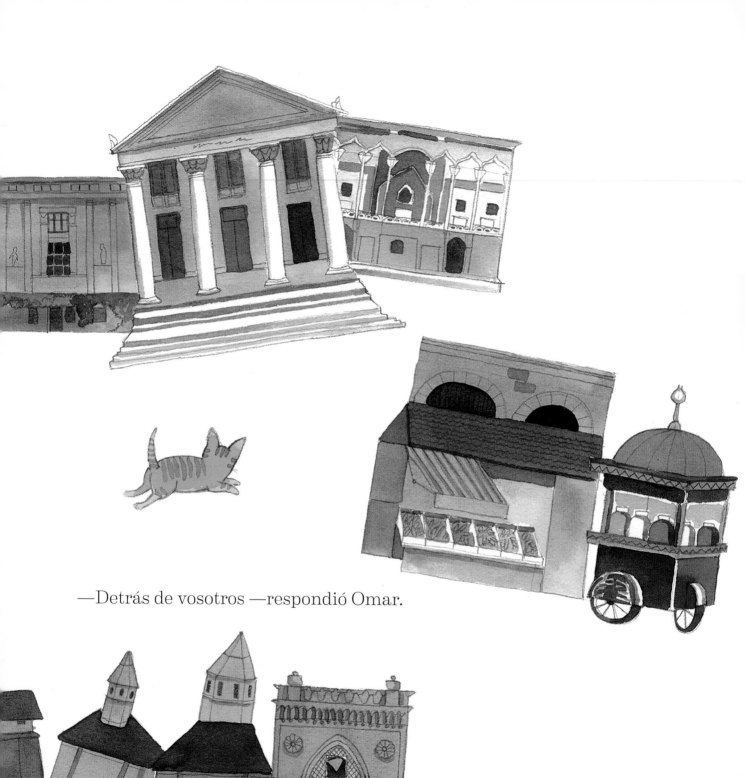

—Detrás de vosotros —respondió Omar.

—Os he ido siguiendo, pero
no conseguía alcanzaros.
Ha sido muy divertido.
¡Mañana, más!

Se hizo un silencio.
Después se empezaron a oír risas y carcajadas.

Cuando la luna estaba en lo más alto,
los gatos volvieron a sus jardines, palacios y museos.

Omar y yo encontramos nuevos libros muy cómodos,
nos lavamos y dormimos abrazados toda la noche.

—¡Mañana, más! —repetí.

Y así fue, en la ciudad de los gatos.

KEMAL

MEHME

OHRAN

SİTARE

AZRA

İSMAİL

HAIRIYE

HUSNU

MEPARE

AHMET

AYSE

LEO

GADAL

LIAN

LATA
de
SAL

Gatos